IT'S SUNNY AT NIGHT

晚晴集

 陈春江 著

黑龙江人民出版社

图书在版编目（CIP）数据

晚晴集/陈春江著.--哈尔滨：黑龙江人民出版
社，2019.9
ISBN 978-7-207-11934-6

Ⅰ.①晚‥ Ⅱ.①陈‥ Ⅲ.①诗集-中国-当代
Ⅳ.① I227

中国版本图书馆CIP数据核字(2019)第209460号

责任编辑：李春兰　杨　鑫　王　莉
装帧设计：铠　同
封面图片摄影：古　月

晚　晴　集
Wan　Qing　Ji

陈春江　著

出版发行	黑龙江人民出版社
通讯地址	哈尔滨市南岗区宣庆小区1号楼
邮　　编	150008
网　　址	www.longpress.com
E－mail	hljrmcbs@yeah.net
制　　版	永清县晔盛亚胶印有限公司
印　　刷	永清县晔盛亚胶印有限公司
开　　本	787×1092 毫米　　1/16
印　　张	9.25
字　　数	200千字
版　　次	2019年9月第1版　2021年6月第2次印刷
书　　号	ISBN 978-7-207-11934-6
定　　价	38.00元

法律顾问：北京市大成律师事务所哈尔滨分所律师赵学利、赵景波

作者近照

作者简介

　　陈春江，曾为黑龙江生产建设兵团知青，毕业于哈尔滨师范大学。先后在中共黑龙江省委机关党委宣传部、中共绥化市委、黑龙江省新闻出版局、黑龙江人民出版社、黑龙江省出版总社、黑龙江省政协提案委员会等单位或部门任职。黑龙江省作家协会会员，已出版的散文、诗歌作品集有《为女儿擎起一片蓝天》《漫步忆林》《诗录年华》《椰风集》《心雨集》《我看到了》《让心静下来》《晚晴集》等。

诗歌伴我享晚晴

——自 序

　　这部诗集的初稿早在三年前就已基本就绪了，那时我还没到古稀之年。因为这部诗集定名为《晚晴集》，这与作者的年龄直接相关，以当时六十几岁的年龄称晚晴，总觉为时尚早。因此，一直拖至现在才付梓出版。

　　说句心里话，即便在当下，我仍自觉年轻。我大脑不呆，小脑灵活，言幽语快，走路似风。不要说去年俄罗斯足球世界杯期间，每场比赛后我都即时一诗，由始至终64场比赛，我写了65首诗。就是平日里的乒乓球场上，我也能不间断地打上两个小时，球速之快，脚步之灵活，仍不逊色。以这样的生理状态，我自然也把自己当作了年轻人。

　　人年轻首先是心不老。虽然时间如白驹过隙，尚有许多往事未及回忆，也有多少思绪未及梳理，便不知不觉地迈入了老年行列。但是，若能将过去的一切都云烟般淡去，不必在曾经的得失中徘徊，更无须在黄昏夕阳下惆怅，生活就会重新开始。其实，无论四季如何流转，气候如何变幻，只要守住心中的那片静美、那分温暖，就总会有幸福感相伴在身边。狂风去了，会有细雨滋润，夏花去了，可见秋叶斑斓。生活中没有过不去的坎儿，只要坚定地前行，总会有新的风景。这就是我从工作岗位上退下来以后的心态。心若年轻，则岁月不老，岁月不老，则能蹦能跳。

　　其实，这些年陪伴我的何止是蹦蹦跳跳。为身体健康，

IT'S SUNNY AT NIGHT

晚晴集

1

坚持运动是必须的，但是为精神健康，则必须不断给大脑注入活力。注入活力的最好方法就是坚持你所感兴趣的脑力运动。我大学毕业时获得的是经济学学士学位，工作岗位上多数时间从事的是出版管理和经营，而自己业余爱好却是写作和书法。遗憾的是在岗时因公务在身责任在肩，已无暇顾及这些爱好了，一直被撂荒了几十年。退休了，有大把的时间任享用，这些爱好自然荣升为正业。但是重操旧业，已十分陌生了。于是便灯下磨秃笔，"披星戴月挤诗篇"。当然也有"偶生灵感出佳句，便是眉飞色舞时"的欢乐。就这样不间断地写，几年来已有六部书出版，其中诗歌占了大部分。

谈到诗歌，话题很多。对于我来说，写诗首先是一种生活乐趣。人至老年，如果有了生活的乐趣，便添了精神的活力，即使时至黄昏，也会霞光灿烂。写诗是一种创造性活动，是充满灵性的思维运动，诗里有情、有景、有事、有理、有志、有我，通过变幻的手法，把这些元素用丰富的汉字组合到一起，读起来有滋有味，有情有趣，有美感有共鸣，让人陶醉其中。就如同堆积木玩魔方一样千变万化，引人入胜，其乐无穷。这些年来，诗歌已成为我生命中鲜活的一部分。我的一首小诗表达了这样的感受：

我喜欢在诗歌里歇息
这里有蜿蜒的小路 静谧的丛林
倾听舒缓张弛的心音
整理繁杂跳跃的思绪
在笔下寻一块绿地宿营

我喜欢在诗歌里歇息

这里有浩瀚的大海 茫茫的草原

浮躁的空气使大脑乏氧

欲望的菌群让人性中风

澎湃的诗丛里任血流沸腾

......

当然，写诗也让我的喜怒哀乐之情尽兴抒发。年至古稀，思前虑后，多愁善感，人常有之，诗歌就是最好的自我疏通情绪的渠道。在诗歌里可以表达自己的各种情感体验，可以抒发生活中的爱与恨、感动与愤怒、赞美与抨击，寄托心志，释放情怀。前几年出版的《心雨集》《我看到了》《让心静下来》等几部诗集，便是我这些情感的集合。退休后，我和老伴儿也加入了哈尔滨——海南的候鸟群，每年翔飞两地，生活更加多姿多彩。尤其是在海南清水湾这个国家4A级景区的冬日里，海阔天蓝，绿树如茵，繁花似锦。居住在花草环绕的幽静小园里，心如止水，常有脱尘避俗之感。时而去海边散步，也会有"蓝天碧水银滩平，无忧无虑腿脚轻，漫步林荫人惬意，见只飞鸟也多情"的愉悦。每天与球友们在一起"乒乒乓乓"，伴着银球的飞舞，在欢声笑语中，更是进入了一种忘我的状态。在这样的心境之下，怎能不诗兴焕发。赏花弄草、游山玩水、打球康乐、迎来送往、思故怀远，所见所闻、所思所感，皆成诗歌，正如我的诗中所言："非是鬓白人见痴，只缘心雨待春时。梦中老柳萌新绿，晓醒挥笔酿作诗"。收录在这部诗集中的绝大部分作品，都是在这样的日子里完成的。

写诗也让我拓展了与人沟通交流的路径。沟通是自然界的普遍现象，绿水与青山相恋，便成为风景；生命与生活交流，便有了诗歌；人与人的沟通，便成为朋友。老年人最忌讳的就是孤独，在信息网络高度畅通的时代也是不该孤独的，亲友群、学友群、战友群、球友群、同事老友群，等等，已成为时下最为普遍的人际交流渠道。在这些交流中谈天说地，古往今来，不仅可以传递信息，活跃思维，健康心态，更可以增添乐趣，调节情绪，排除寂寞，何乐而不为。因为写诗，近些年我又多了几个诗友群。在这些群里，有了更为高雅、更有品味，更具文化含量的交流，让我受益匪浅。诗友间诗与诗的交流，不仅是文字的交流，更是情与情、心与心的交流。不仅可以相互学习，取长补短，而且在作品的欣赏中，会带给你美的享受，有时还会令你血脉沸腾，生发出许多灵感来。这部诗集的"琴瑟回绕有和声"部分中，收入了近几年我与诗友们往来的一些诗歌，从中可见这种交流的愉悦和美妙。众诗友中与我交流最多的是张满隆先生，他曾任吉林省新闻出版局的副局长，我俩是同行，共同语言颇多。他又是吉林省的知名作家，担任过吉林省作协的副主席，我很喜欢他的报告文学和诗歌。他的诗歌情感朴实，文字优美，耐人寻味，例如一首元宵节的随兴小诗："纵然天涯有故人，元宵节到也思亲。李白窗前那片月，直把乡愁带到今。"寥寥数语，把自己元宵节思亲的情感表达得十分充分，而且充满生活气息和浪漫色彩，读来亲切，诗意浓浓。在与他的交流中，我得到过很多启发，比如写诗切忌平铺直叙，要具像，有画面感，等等。让我体悟到了"人贵直，诗贵曲"的道理。

知青时代，我与诗歌结缘。那是一个充满激情的年代，我开始学习写诗。在苦辣酸甜的生活中，诗歌曾让五味杂陈的思绪有了些许安宁。花甲之年，我又与诗歌重新续缘。在这人生的又一个起点上，诗歌伴我迎着春风前行，在夕霞晚景中寻美，为我的退休生活增添了活力，也让我的精神世界色彩斑斓。我的一首诗表达了这样的感悟：

　　　　不知什么是粥样硬化
　　　　诗情滋润了我年迈的血流

　　　　不知什么是小脑萎缩
　　　　诗意灵动了我折旧的神经

　　　　不知什么是百无聊赖
　　　　诗行绿化了我空旷的心田

　　　　不知什么是夕阳桑榆
　　　　诗兴催开了我生命的春花

　　　　有诗的日子　就没有情感的干涸
　　　　与诗结缘　人生不老

　　真的要感谢诗歌，这些年来天天陪着我忙个不停。它涵养着我"童心不知人渐老，笑将愁怨化云流"的心态；它让我追寻着"彻悟红尘心地静，人生重笔写超然"的境界；它激励着我"悠然自有南山寿，笑对夕阳我放歌"地过好每一天。

　　诗歌伴我享晚晴，有诗的生活真好！

2019 年 5 月 30 日

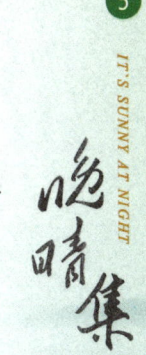

目录

最是大爱终不老

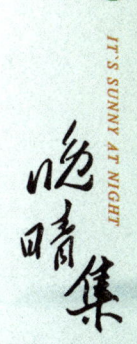

目录

3

琴瑟回绕有合声

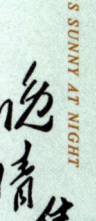

目录

5

乐在天涯享晚晴

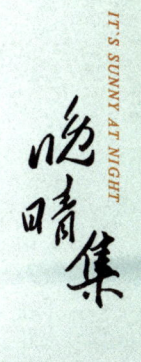

乐在天涯享晚晴

奔绿园（三首）

（一）

盛世多娇催物华，
寻得仙境再安家。
莫愁冬日无春色，
海角天涯四季花。

（二）

若无爱女百般夸，
孰晓椰风逐浪花。
夫我终得诗画处，
西踮东跑扮新家。

（三）

饱享南国三亚湾，
方知何必守冬寒。
一从叶落秋风起，
小裹大包奔绿园。

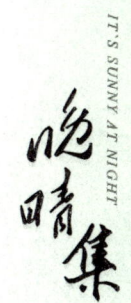

赞南国物候（二首）

（一）

海碧天蓝花草奇，
引来候鸟竞栖息。
曾经蔽野流人地，
今领风骚满生机。

（二）

千红万紫任诗歌，
追梦桃源这里多。
饮罢椰风我欲醉，
此生当道未虚活。

晨　望（二首）

（一）

凭栏远眺览春姿，
山海云天绘作诗。
群鸟绕身阵阵语，
伴夫同醉美瑶池。

（二）

轻风朝雨沐清晨，
草绿天蓝爽精神。
莫道鬓白人渐老，
愚夫此境乃仙人。

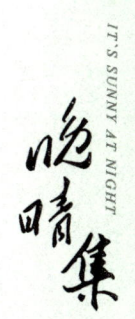

诗　情（九首）

（一）

莫疑卸甲寂生孤，

神静人安诗兴出。

唤醒多年沉睡笔，

借得心雨绘成书。

（二）

蓝天碧水银滩平，

无忧无虑腿脚轻。

漫步林荫人惬意，

见只飞鸟也多情。

（三）

难得幽静伴诗欢，

踏浪轻歌遛海湾。

还是椰风知我意，

吹来佳句满心间。

（四）

人生当喜老来狂，

不泯童心闹梦香。

骑马挎刀夺阵地，

朦胧趣事化诗章。

（五）

疏尘隐岛岁安实，

雨润桑榆吐嫩枝。

旧叶已随风落去，

夕阳映我酿心诗。

（六）

海韵椰风注心田，

披星戴月挤诗篇。

梦思呓诵不知晓，

曦透窗纱鸟惊眠。

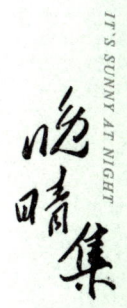

（七）

老来怀旧恋抒怀，

唯叹腹空人不才。

心蓄千情难落笔，

何时佳句梦中来。

（八）

老不图闲学作诗，

风情百态尽书之。

偶生灵感出佳句，

便是眉飞色舞时。

（九）

非是鬓白人渐痴，

只缘心雨待春时。

梦中老柳萌新绿，

晓醒挥毫酿作诗。

"候鸟"生活速描（十七首）

（之一）

一部手机一碗茶，

半遮半裸落沙发。

天涯处处悠闲客，

不见当年座上华。

（之二）

大裤衩子短袖衫，

拖鞋赤脚满街钻。

远来候鸟形无忌，

结队成帮不夜天。

（之三）

闹市街区故事多，

人行路上跑的摩。

如能脑后安双眼，

何苦鸣笛吓哆嗦。

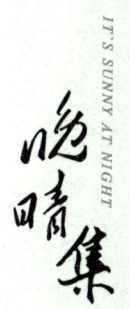

（之四）

天涯六月降火神，
日日如蒸欲断魂。
拖履赤膊帽遮面，
路上何人能识君？

（之五）

得尝烈日灼如焰，
昼夜桑拿汗似泉。
烦躁不安难入寐，
摇扇孤影立窗前。

（之六）

闲日悠悠补经纶，
寻得躺椅诵诗文。
手中两页未翻尽，
却见歪脖瞌睡人。

（之七）

天热疏忽守门窗，
夜来皮肉闹蚊殃。
扑扑打打人疲惫，
意乱心烦透曙光。

（之八）

独飞海岛远知音，

偶遇神交在巷心。

相顾细端惊顿语，

天涯只聚有缘人。

（之九）

非是高阳恋酒垆，

只缘故友到田独①。

相逢海角皆是客，

送往迎来情意足。

（之十）

候鸟聚堆故事多，

叽叽喳喳闹餐桌。

三巡酒过高声语，

都是陈年老去嗑。

（之十一）

朝临海岸聚人群，

俯首围观滩地文。

片片柔沙娟秀字，

执杆多是耄耋人。

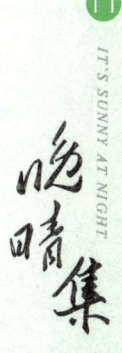

①田独是地名，这里代指三亚。

（之十二）

日暮灯斓候鸟欢，
推杯换盏闹街边。
鱼虾蚌蟹桌中串，
低语高声无意还。

（之十三）

曦铺海岸剑拳多，
月映滩林鸟聚窝。
热舞狂欢白头客，
借得风暖起春波。

（之十四）

夜来广场太多情，
东面高歌西边迎。
翁妪家中皆爷奶，
逢春老树正返青。

（之十五）

八旬白首敢登台，

北调南腔眉眼开。

反串高歌边疆水，

众人捧腹泪涌来。

（之十六）

广场灯明曲乐飞，

风风火火人聚堆。

蹦跳男女忘情舞，

大汗淋漓夜半归。

（之十七）

花甲古稀斗象棋，

杀来战去日沉西。

突然一句"不行了"，

提裤匆匆应内急。

13

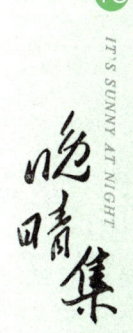

小园之恋（二十首）

（一）

清水海湾几度闻，

柔沙十里是歌神①。

寻得果岭雅居乐，

墅园笑纳猫冬人。

（二）

琼岛花繁四季春，

水清气爽更宜人。

小园幽雅心神定，

何虑修成百岁身。

（三）

疏避闹市享生活，

迎来送往喜乐多。

故友新交皆是客，

金樽美酒落园酌。

① 位于北纬18度线上的海南清水湾有12公里
美丽的海岸线，被誉为"会唱歌的沙滩"，我的猫冬
居所位于雅居乐清水湾金色果岭小区。

（四）

朝来暮去伴金乌，

醉入绿园影不孤。

孰道人闲无所事，

园中花草枕边书。

（五）

几部闲书掩噪音，

三杯老酒养精神。

隔窗窥鸟逐情戏，

当是园中逸趣人。

（六）

草绿花红飞鸟喳，

居园心静返韶华。

日来无事生童趣，

闲看蚂蚁列队爬。

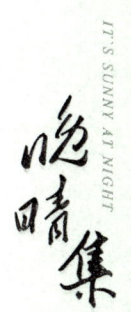

（七）

绿满小园花竞开，
只身孤影立庭台。
依栏凝望房前树，
飞鸟天天应时来。

（八）

忙过篱墙架吊楼，
除完蒿草理枝头。
为得满目斑斓色，
面土背天大汗流。

（九）

深居果岭迎客临，
忙罢佳肴备酒醇。
再落小园幽静处，
诗书几部伴茶吟。

（十）

园中椰硕满枝罗，
日日鲜汁尽兴酌。
清爽天然甘味美，
甜得梦里也呼喝。

（十一）

青草萋萋绕我家，

小园铺锦展芳华。

繁梅似火团团艳，

灿烂独领满院花。

（十二）

莫道春回芳满怀，

佳人不至蕊难开。

晓闻园里声声语，

知是赏花妻女来。

（十三）

夜闻窗外雨轻轻，

晓见园中草婷婷。

风爽曦柔心透醉，

捻来小曲一声声。

（十四）

情注小园汗水洇，

一枝一叶倍温馨。

夜来惊觉风呼号，

晓叹花残处处痕。

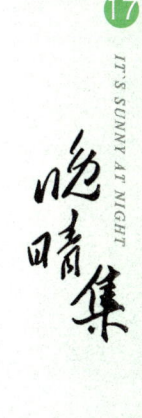

（十五）

夫我春来欲北行，

园中往事映心庭。

番番细顾曾经处，

抚草吻花留眷情。

（十六）

顶日躬耕面透黑，

小园静谧暖心扉。

唯期草木多珍重，

待到秋临我自归。

（十七）

近地远山绿如荫，

朝阳夜月伴楼群。

幽幽草木依旧翠，

室静园空不见人。

（十八）

月去年来形影随，
相谙时久共喜悲。
丁香唤我春归去，
小鸟绕园孤寂飞。

（十九）

南飞千里故园人，
扉启先清旧日尘。
草木有情悲别久，
枝残叶落透思痕。

（二十）

小园享乐日悠悠，
览遍青山寐墅楼。
更有贤妻爱女伴，
烟消云散几多愁。

乡 愁（七首）

（一）

霜袭叶落北风寒，
候鸟即飞南海边。
来日一别天地远，
丝丝乡恋落眉端。

（二）

年年岁岁此回回，
未去急询何日归。
执手别君心落泪，
乡愁满腹寄于谁？

（三）

三杯美酒满别情，
地北天南恋故朋。
待到丁香花放日，
金樽再举聚冰城。

（四）

人在天涯形影随，
梦中重聚几多回。
谁能晓我乡愁远，
月下独酌酒一杯。

（五）

闲居海岛不知年，
日丽风和任性欢。
昨日花间一壶酒，
引得乡恋满心间。

（六）

别来常现聚时欢，
夜静再掀冰雪澜。
仰望七星人不语，
《太阳岛上》曲催眠。

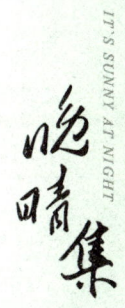

（七）

千里避寒享氧吧，
吾心犹恋北国花。
椰风不锁还乡梦，
桃红柳绿人返家。

咏三角梅（十六首）

（一）

代续族承海之南，
何知域北雪冰寒。
生来独喜骄阳地，
偏与冬梅姊妹缘。

（二）

生来无意入华堂，
甘作小花独艳芳。
街巷园庭夺目处，
纵情烂漫展辉煌。

（三）

海岛群花艳有时，
唯梅四季惹人痴。
冰城憾少栽培地，
失却心仪又一枝。

（四）

娇姿夺目爽心神，

更有清芬任品闻。

纵使花凋芳散去，

依留余韵耐人寻。

（五）

撩人何必自扬芳，

夺目唯缘艳久长。

姿魅当得翘指赞，

不辜四季好风光。

（六）

斗艳争奇靓百家，

展姿春色漫天涯。

莫争丽苑谁居首，

赏罢此花不看花。

（七）

不寻风水不贪群，
落地生根自吐芬。
未等百花第次艳，
繁枝锦簇占先春。

（八）

嫣红似火燃心扉，
人前翘指几多回。
苑中百花无心顾，
应知夫我只爱梅。

（九）

心有灵犀一点通，
人将物换此情同。
此梅知我慕之久，
相逢即赠满枝红。

（十）

我恋此梅情痴迷，
南来北往影依稀。
相思日久萌新意，
小院栽得已筑篱。

（十一）

清风透爽夜临园，
草木朦胧自等闲。
月下独观梅艳处，
惜惜形影不思眠。

（十二）

夜来风啸寝难安，
晓叹繁梅枝叶残。
但喜明朝春雨润，
等闲举酒赏花还。

（十三）

非是笔拙难赞之，
不因情动岂成诗。
此梅知我心中意，
绽放新红展丽姿。

（十四）

生来偏爱筑篱墙，
无意争奇斗艳芳。
貌繁自夺观客眼，
何求花味扑鼻香。

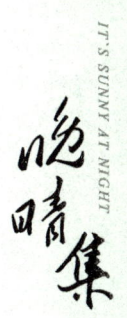

IT'S SUNNY AT NIGHT

晚晴集

（十五）

红白紫粉尽情开，

任尔赏来任尔栽。

纵若付之一把土，

依然奋力靓花台。

（十六）

锦簇花团似火红，

庭前宅后自繁荣。

不学荷牡争华贵，

独送清香四季中。

天南地北任吾行

天南地北任吾行

游仙乐（二首）

（一）

老来解甲做游侠，
何惧登高筋骨乏。
莫道天南地北远，
一展羽翼即天涯。

（二）

重负离肩快乐活，
迈开双脚览山河。
南国海浪北疆雪，
走遍九州游异国。

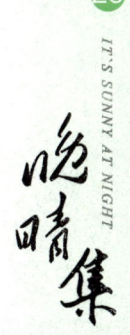

游西湖

一从登舸踏波开，
便引西湖入梦来。
苏轼笔下那片景，
至今依旧壮情怀。

登黄山（二首）

（一）

久道黄山天下奇，
岩悬雾罩鸟难栖。
杖藜循径高攀去，
脚踏尖峰叹云低。

（二）

层峦叠嶂竞高低，
俯览唏嘘万壑奇。
悬立峰头寻去路，
朦胧千丈眼迷离。

赞杭州

（2010年5月）

千载名城万载湖，
天堂仙境世间珠。
曾经楼外楼中客，
多少文家政要族。

咏 泉 城

（2010年8月）

千家泉水万家杨[1]，
拱手垂青礼仪邦。
自古贤涌孔孟地，
满城新绿汇诗章。

游大明湖

（2010年8月）

水光潋滟汇千泉，
莲叶翠青依岸盘。
堤上丝绦袅袅舞，
湖边游客正擦肩。

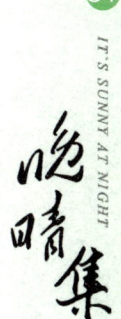

---
① 杨：指垂柳。

趵突泉

（2010 年 8 月）

无风无浪涌清泉，
疑似银花落地欢。
汩汩不息趵万代，
春来秋去换人间。

登泰山

（2010 年 8 月）

举目峰高雾漫山，
艰行犹叹十八盘。
人生多少攀登路，
力尽筋疲享蓝天。

平遥古城

（2010年8月）

斗转星移千百年，
古城幽静貌依然。
巷街遥载明清事，
衙署鼓锣早已闲。

日升昌票号

（2010年8月）

汇通天下第一家，
誉贯九州名满涯。
百载兴衰风雨过，
空楼依透旧时华。

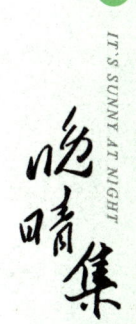

游千岛湖

（2010年9月）

绿岛浮湖尽展姿，

霞光云影水中栖。

惊闻镜底城千古，

道是沧桑岁月奇。

观呀诺达热带雨林

（2011年2月）

最喜天涯热雨林，

百姿千态几多闻。

虬根古树缠昔事，

展翼新枝掩旧痕。

沐尽阳光脱倦意，

滋得雨露长精神。

葱茏满目苍莽秀，

憾叹迟为此境人。

赏牡丹（三首）

（一）

任尔秋霜叶不残，
天香国色自斑斓。
借得风水生根地，
引领九州百花园。

（二）

不靠色红夺艳菲，
天生丽质自扬辉。
迷人犹在相识后，
养眼滋心醉忘归。

（三）

红绡似火染尽春，
神笔丹青莫若真。
一至尊前相对望，
不辜千里赏花心。

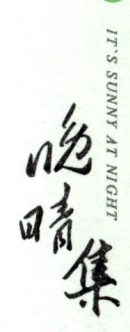

游横头山

（2010年6月）

诸友夏游横头山，
前呼后嚷闹林间。
森荫蔽日曲径美，
峰顶放歌音不全。

观五花山（二首）

（2010年9月）

（一）

紫绿黄红橙五花，
层林尽染展奇葩。
兴安秋色人人醉，
北往南来不念家。

（二）

五花绚烂放异彩，
诱引佳人入梦怀。
靓丽多姿添色美，
疑当春日又重来。

去凤凰山路上

（2011 年 7 月）

峰峦远望散轻霾，

满目葱茏一线白。

定是凤凰别有意，

引君恍入梦中来。

观凤凰山黑龙瀑布

（2011 年 7 月）

天泉飞落叹嵯峨，

素练悬垂泻银河。

风雨沧桑遗旧木，

随流直下写生活。

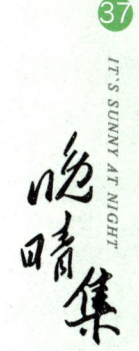

华夏东极^①

（2011年7月）

今寻紫气觅东来，
未入梦酣窗透白。
日日金乌时此起，
九州晨号始吹开。

观三江口

（2011年7月）

古纳^②松江此聚头，
黄南黑北向东流。
延绵泾渭数十里，
翘指奇观叹物候。

---

① 抚远乌苏镇。
② 古纳代指额尔古纳河，即黑龙江。

三江湿地

（2011年7月）

遥望水天尽莽苍，
风吹苇荡散花香。
夕霞辉映烟容美，
云下悠哉飞雁行。

咏五大连池（组诗）

（2013年8月27日）

黑山头远眺

五池似镜水潺潺，
夹岸环立十四山。
大地苍茫石态美，
鬼斧神工赠人间。

火山熔岩

滚滚黑涛映九天，
起伏跌宕撼心弦。
无边石海东流去，
道是苍茫满眼间。

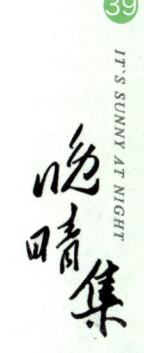

药泉水

地设天工纪万年，
火熔冰凝注神泉。
清凉透爽滋肠胃，
到此谁人甘等闲。

火山杨

熔岩脊背火山杨，
傲骨铮铮斗雪霜。
生就不毛非命地，
根深叶茂百千强。

游人醉

池山相映貌独新，
草绿天蓝稻穗沉。
满目金秋收不尽，
痴迷多少景中人。

清水湾（二首）

（一）

霞辉云映清水湾，
十里金沙百曲旋。
遥望沧溟萌幻意，
当邀李杜赠诗篇。

（二）

白涛浩浩挂云边，
织锦绵绵铺地毡。
一顾泚湾人入醉，
从今看海只朝南。

游海南

琼岛葱茏处处春，
椰风海浪荡俗尘。
年来月去皆风景，
小巷大街异地人。

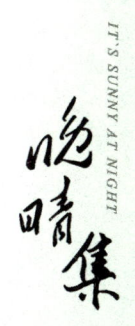

海 之 恋（三首）

（一）

烟波浩渺水连天，
玉宇琼楼云海间。
我欲乘风寻梦去，
方知已是境中仙。

（二）

极目浩茫一线天，
千姿百态绘云端。
鱼帆点点形渐远，
日挂西山红半边。

（三）

背倚葱茏脚抵沙，
轻抚白浪放心花。
流连潮海夕霞淡，
忽叹腹空该返家。

最是大爱终不老

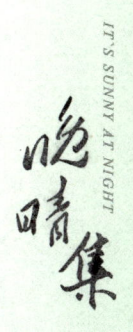

最是大爱终不老

忆 旧（三首）

（一）

过眼云烟脚下风，

杂陈抛却老身轻。

桑榆最恋童真事，

笑语欢歌享晚晴。

（二）

人心至静自从容，

任尔东西南北风。

偶对夕阳眸往事，

酸甜苦辣陷功名。

（三）

时日鬓白难志酬，

津津乐道话风流。

当年斩将夺关事，

五次三番话不休。

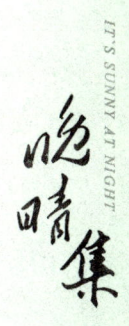

梦（三首）

（一）

归田寻静享生活，
醉入桃源我放歌。
常梦童顽嬉闹事，
竹枪木马斗回合。

（二）

云山千里故乡人，
落枕绪飞寻旧痕。
夜雨似谙追梦事，
淅淅沥沥净杂尘。

（三）

昨思故旧梦中来，
两小无猜眉眼开。
花甲古稀情未老，
滴滴点点注心怀。

同 窗 情（二首）

（一）

执手同窗忆旧痕，
相帮互助两情真。
流年总憾难杯酒，
花甲人闲日日醇。

（二）

冰霜雨雪变容颜，
心照神交疏计年。
余恋同窗情不老，
至今相顾动心弦。

与老同学小酌（二首）

（一）

最是同窗堪比肩，
清交素友共超然。
酒催情醉胸澜起，
雨夜高腔话当年。

（二）

携手白头契忘言，
铿锵高低话难闲。
尘封忆罢谈国是，
夜雨击窗催早还。

回母校

学子含情又归来，
寒窗往事涌心怀。
依稀形影庭前现，
却叹纹深鬓已白。

黑土风流（四首）

（一）

苦寒岁月不知愁，
一路同歌战物候。
黑土情缘终不老，
挂肚牵肠到白头。

（二）

魂牵梦绕大荒原，
挥镐持枪人少年。
五味杂陈难抒尽，
邀来明月照无眠。

（三）

少年酬志戏生活，
花甲难平旧日波。
犹叹大荒冰雪月，
风流故事汇成歌。

（四）

苦乐年华稀远忧，
如痴如醉演风流。
千言难尽边关事，
甘把蓝图绘梦头。

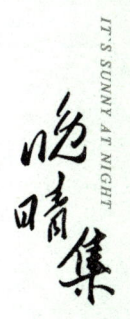

寄友人（三首）

（一）

顶冠名虚徒贵尊，
出辞为典有谁人？
痴迷赏汝铿锵语，
从此耳中无他音。

（二）

依稀知己数十年，
两小无猜久续缘。
我与尊兄功利断，
但敞心扉口无拦。

（三）

千仞高山万顷云，
飞居海岛异乡人。
梦中执手徒惊喜，
酿作诗文为汝吟。

挚 友（三首）

（一）

已是白头解甲人，
天南地北有知音。
留得管鲍真情在，
何虑升沉半路分。

（二）

世间难获两心知，
美酒三杯更入痴。
情纵开怀能有几？
当为挚友对樽时。

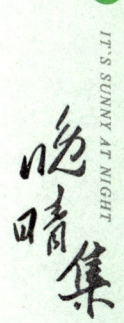

（三）

人逢知己语花飞，
胸臆直抒只对谁。
今日醇香不痛饮，
别居南北复何杯。

国庆有感（三首）

（一）

我是黄河天际鸟

东西南北任逍遥

纵有域外千般美

也筑九州树上巢

（二）

常闻海外觅新天

眯眼星繁月也圆

若是相逢连日雨

不知景色何斑斓

（三）

树高百尺叶归根

儿行千里母挂心

最是乡愁催泪眼

同宗同祖九州人

贺 国 庆

家有一壶酒，足以慰风尘。

恰逢国庆日，开怀举金樽。

鬓白恋回首，心赤颂党恩。

曾几山河碎，寻得主义真。

先烈抛头颅，血铸华夏春。

领袖导航向，东方走巨轮。

九州雄风起，傲屹世界林。

任尔鬼子叫，惧何老美吟。

国强黎民富，巨龙舞乾坤。

朋友遍天下，四海敢问津。

坚定前行路，牢记始初心。

共圆中国梦，伟哉龙传人。

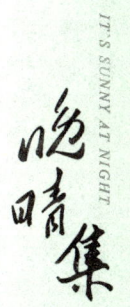

新春怀往（三首）

（一）

雄鸡报晓岁添增

转瞬孩童变老翁

犹恋当年嬉闹事

藏猫顶拐享春风

（二）

又度新春赞物华

常思幼少苦寒家

二斤猪肉知足乐

一挂小鞭心放花

（三）

红红火火度新年

昔往童欢满眼间

大院小楼皆亲故

朦胧又到老屋前

妻花甲日感怀（六首）

（2010年12月23日）

（一）

莫叹时光流似云，
悠忽妻已鬓白人。
人生今日春方始，
高举金樽贺诞辰。

（二）

大荒黑土续姻缘，
举案齐眉共苦甜。
雪雨风霜歌伴月，
如情似梦几十年。

（三）

贤妻良母铸家魂，
高风亮节励后人。
大爱温得节气暖，
花红草绿满园春。

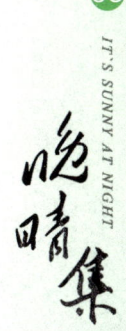

（四）

宅外庭前众口碑，
红花绽放誉生辉。
躬耕半世身心苦，
海阔天高展翼飞。

（五）

流年回首叹平生，
叶茂根深果硕丰。
更喜新桃代旧蕊，
夕阳辉映满山青。

（六）

解甲归田有远家，
夫妻执手乐天涯。
桃源今日非幻梦，
满目葱笼伴晚霞。

贺女儿生日（二首）

（2011 年 3 月 19 日）

（一）

生逢盛世享春风，

日壮羽翼月焕灵。

快马扬鞭驰万里，

乐闻一路踏歌声。

（二）

迎来生日再增年，

又有新思逐浪翻。

当盼东风知我意，

吹得桃李满家园。

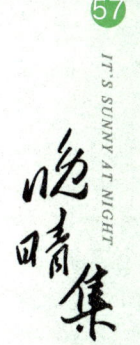

秋　思（三首）

（一）

落红遍地任风抽，

满目苍凉引虑忧。

愁叹撩惊天上月，

躬身掩面已成钩。

（二）

轩前叶落已知秋，

举目长空闲月悠。

忽又冷风吹细雨，

骤添心地几分愁。

（三）

樽酒杯杯笑语喧，

隔窗明月九天悬。

千家万户团圆日，

缕缕情飞云海间。

泪（三首）

（一）

秋雨西风夜打窗，
思亲觅影叹何方。
望断天涯寻归路，
泪眼迷离心自茫。

（二）

形来影去日相随，
梦里重逢千百回。
回首流年心落泪，
不知圆月只朝谁。

（三）

回眸往事意凄凄，
望断天涯泪欲滴。
雨伴愁丝难入寐，
下弦钩月已沉西。

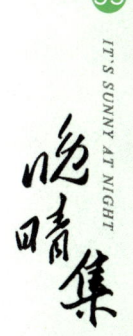

思 母（四首）

（一）

梦里常寻那座星，
天人路断觅不成。
愿将思恋寄沧海，
托送赤子满别情。

（二）

蓦然回首叹年轮，
往事如烟何处寻。
入夜室清弯月映，
独思寒日伴灯人。

（三）

窗外秋风送雨淅，
朦胧慈母夜补衣。
昔虽徒壁阖家乐，
今却庶丰两界离。

（四）

秋叶凋零雁几行，
心生愁绪意彷徨。
梦中逢母惊坐起，
夜雨借风送晚凉。

悼慈父

慈父一别天外行，
殊深轸念痛无声。
香烛似解儿孙意，
垂泪千滴到天明。

祭双亲

双亲墓上满花枝，
寥寞无声寄远思。
百好舐犊成旧梦，
千言拌泪寄心诗。

悼吾妹

质玉何须竟艳芳，
无华素朴自生香。
花开多有独枝秀，
落去更觉韵久长。

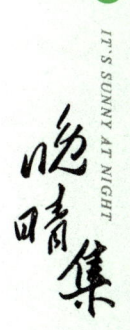

祭马航失联班机

（2014年4月6日）

一机失联众心悬，

下海上天觅残源。

浩淼烟波无踪迹，

落难马航有谜团。

当应多国同心济，

岂可诸君散骨寒。

待到昭昭释惑日，

酒祭冤魂归九泉。

琴瑟回绕有合声

晚晴集

琴瑟回绕有合声

读许中人先生咏彩虹诗有感

（2010 年 8 月 29 日）

一弯虹美万人褒，

当赞尊兄翰墨骄。

留彩瞬间无限意，

心存大爱自情豪。

赠李荣焕友

——读《荣焕速写》有感

（2010 年 10 月 9 日）

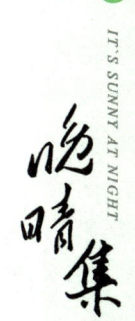

赏罢美文更慕君，

善人善面善良心。

积德累日人增寿，

爱洒千家福满门。

读靳国君先生
《却看东篱菊正香》①

（2010年10月10日）

粗词拙语自呻吟，

何必劳兄费脑神。

累日潜心凝力句，

纵情挥笔著佳文。

若非偏爱蓄之久，

岂有长诗抒至今。

莫道篇章难后世，

愿将此作励家人。

---

①《却看东篱菊正香》是靳国君先生读我诗集《诗录年华》后所作四十四行长诗。该诗发表于《北方文学》。

步韵复于慧玲女士

（2011年2月3日）

北疆南岛共春祺，

火树银花贺世熙。

灵慧九州辞旧岁，

家家户户满桌席。

附：于慧玲原诗

南椰北雪舞春姿，

鞭炮礼花天地袭。

歌赋诗词寄情意，

品高才盛堪为师。

复马兰松荒友（二首）

（2011年7月26日）

（一）

莫叹蹉跎百梦沦，

得失功过各留痕。

应渥膏腴大荒土，

育就一代立地人。

（二）

不求不佞展冰心，

立世落足贵有根。

谢友多生偏爱意，

春江本是徒步人。

附：马兰松原诗

（一）

四十余年一瞬间，

通肯河畔青石山。

曾经热血染黑土，

也蓄凌云化紫烟。

无奈人生浑似梦，

有情荒友坚如磐。

常思往事心潮涌，

笑看夕阳霞满天。

（二）

不记得失不争春，

灵台无土也无根。

醍醐灌顶真灼见，

美哉春江性中人。

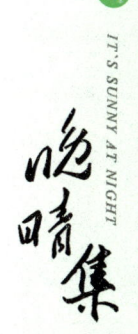

步韵复英岐兄

（2011年11月25日）

良宵祝愿暖心房，

日久知心见短长。

最是诚真永不老，

与君携手享夕阳。

附：杨英岐原诗

坦荡睿智吾兄长，

恩师益友两情长。

圣诞良宵寄祝福，

尽享人间好时光。

读曹敏先生《雪阑堂诗笺》

（2011 年 12 月 29 日）

古风新韵写君心，
笔下生辉功力深。
我恨知兄时日晚，
平庸愚钝到如今。

附：曹敏复诗

天涯万里寄冰心，
夜雪红尘埋不深。
岁老一枝梅正好，
余香醉我到如今。

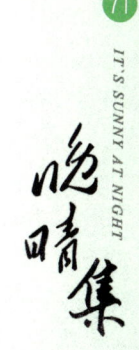

复童之磊总裁

——新年贺中文在线

（2011 年 12 月 31 日）

击水中流脚下功，

文韬武略自从容。

在途当是驰骋客，

线上领潮唱大风。

附： 童之磊原诗

中华龙腾恭福到，

文添新彩贺岁吉。

在庭旧符新桃替，

线连天宫春万里。

步韵答王坚兄

（2012年1月2日）

友朋情缱两心知，

何顾聚分有几时。

念吾未能日日酒，

思君当必年年诗。

有情莫虑云天远，

无意总觉眉眼痴。

孰道桑榆秋色晚，

耄耋执手不言迟。

附：王坚原诗《至尊兄》

友朋识久恋相持，

偶聚常分自有之。

心缱能超山水意，

情扬不必杯酒执。

有缘二十年相守，

更与一生伴久知。

今虽须白迎落幕，

依然遣趣共桑梓。

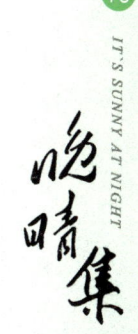

步韵复杨玉女士

（2012年1月27日）

无规无矩岂方圆，

天上人间道亦然。

避世修身才几日，

胜闲尘界许多年。

附：杨玉原诗《佛寺过年有感》

戒律清规绕大千，

僧俗不同道尽然。

经行三万六千日，

不及弥陀片刻闲。

步韵复满隆兄

（2012年4月2日）

春满天涯四季同，
悠然时日近清明。
遥寻北斗萌归意，
无奈雪花铺冰城。

附： 张满隆原诗

果满枝头花正红，
天涯海角过清明。
最圆虽是故乡月，
大雪刚过正刮风。

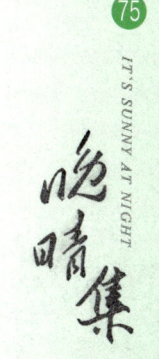

步韵复满隆兄

（2012年4月3日）

难得沧海浪波平，

舟上兄闲钓清明。

沽酒独樽落排档，

聊闲指路杏花童。

附：张满隆原诗《清明垂钓人》

椰风轻轻海浪平，

垂竿小舟钓清明。

槟榔树下大排档，

沽酒何须问牧童。

复张满隆兄《速描》

（2012 年 4 月 21 日）

黑发白头因地宜，

赤脚着袜不足奇。

草帽洋伞皆识汝，

地瓜烤鸭饱肚皮。

附：张满隆原诗《速描》

一头白发变黑发，

赤脚穿上丝绵袜。

草帽换成天堂伞，

不蒸地瓜吃烤鸭。

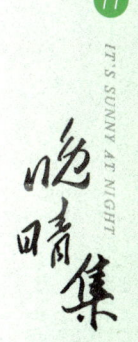

复张满隆兄《时局》诗

（2012年4月21日）

飘荡硝烟南海边，

鸡鸣狗吠闹得欢。

越夷正作石油梦，

菲佬匆匆买破船。

印度逞强飞导弹，

日韩婢美凑合弦。

韬光养晦多时日，

岂忍豺狼血口悬。

附：张满隆原诗《时局》

中国周边起硝烟，

南海频频现军演。

狗仗人势菲律宾，

狐假虎威小越南。

印度屡作强国梦，

居心险恶日美韩。

韬光养晦虽可贵，

怎奈豺狼到门前。

"五一"于三亚复满隆兄

（2012年4月30日）

昨日朗朗今又晴，

风清气爽踏歌声。

天涯多少思乡客，

迟返当因岛月明。

附：张满隆原诗《"五一"寄春江》

轻则浮尘重则沙，

乌烟瘴气满京华。

梦里不忘身是客，

思罢长春想三亚。

返哈后致张满隆兄

（2012 年 5 月 22 日）

千里避寒今返家，

三亚暑热赛桑拿。

椰风岂锁还乡梦，

笑看丁香正绽花。

附：张满隆复诗《候鸟》

避寒海南岛，

消暑哈尔滨。

乘机当公交，

三窟最开心。

复沈广华学弟

（2012年6月15日）

百味人生难避霾，

万千差异见情怀。

一朝虑透红尘事，

便享清风扑面来。

附：沈广华原诗《读春江兄诗作有感》

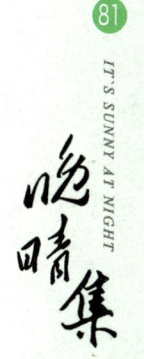

读罢诗作心感慨，

人生差异大万千。

难得看破红尘事，

各自品味苦甘甜。

IT'S SUNNY AT NIGHT

晚晴集

复满隆兄《端午寄友》

（2012年6月24日）

草绿花红人到家，

亲朋端午聚哈哈。

乡愁总在别离后，

至此不思返南沙。

附：张满隆原诗《端午寄友》

从春到夏客京华，

粽叶飘香未到家。

乡愁哪有国愁重，

梦里杨帆赴南沙。

步韵复李福民先生

（2012年8月26日）

饱醉云南叹物候，
应知仙境遍神州。
挂冠万念归空去，
一展豪情诗涌流。

附：李福民原诗《游云南》

山外青山楼外楼，
彩云世界泛活头。
人心何苦绕一树，
饱醉云南胜封侯。

步韵复邓文滨友

（2012年9月22日）

老来迟悟四十非，

何必当初逐浪辉。

利禄功名云散去，

唯留璞玉伴君归。

附：邓文滨原诗《致某兄转春江鉴评》

五十方知四十非，

大风歌罢不如归。

宏图伟业随流水，

愿作雄文逐落辉。

夜来繁星空寂寂，

晨醒露叶正依依。

真情忘言何须辨，

却向夕阳看鸟飞。

中秋复赵伟兄

（2012 年 9 月 30 日）

高天皓月映心明，
回望来途汗水盈。
盛世风光人不老，
夕霞携手踏歌声。

附：赵伟原诗《贺中秋》

又逢中秋皓月明，
相识数载思故情。
诚祝挚友心愉悦，
吾伴诸君健步行。

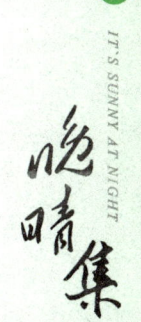

复张翔先生读《心雨集》赠词

（2012 年 10 月 4 日）

心语直抒只为真，

何来哲理砥砺君。

当知贤弟有偏爱，

一首佳词落吾身。

附：张翔原词《清平乐·读＜心雨集＞》

心语释卷，

几许浪花溅，

忽又是惊涛拍岸，

江与大海震撼。

均以七绝成诗，

少见大家名言，

隐喻深邃哲理，

砥砺人生扬帆。

重阳日别诸友筹去三亚

——兼复满隆兄

（2012年10月23日）

又是一年度重阳，

霜袭叶落草枯黄。

即别来日南飞远，

当享今时此聚长。

沽酒有情同醉梦，

秋风无意乱敲窗。

一声呼号辞君去，

柳绿花红我返乡。

附：张满隆原诗《又是重阳》

满眼西风秋渐凉，

雨雪交加过重阳。

昨夜霜染红叶梦，

今朝雪压菊花香。

思乡频惹新愁绪，

怀君时翻旧华章。

偶忆往昔登高事，

一声嘹唳看雁行。

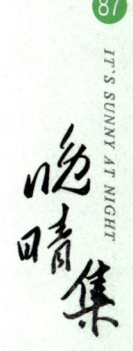
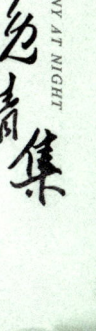

87

晚晴集

为《北国风光》油画题①

近桦远山白雪残，

溪流静静绕林间。

葱茏美景余心醉，

物是人非忆当年。

赠李超荒友②

（2013年1月2日）

蹉跎岁月同舟行，

别后北南疏聚逢。

遥忆尘封歌几曲，

声声难尽念君情。

---

① 偶赏荒友一幅兴安岭风光油画，触景生情，想到当年知青生活，小诗一首。

② 正逢新年，知青战友李超为我的三部诗集撰写读后感，洋洋万言，令我感动，回信中赠此诗。

冬至步韵复陈彦彬友于海南

秋去春归两地间，

南来北往享芳园。

一时醉入桃源梦，

十载不思冰雪寒。

冬至正凉心难至，

春分渐暖意方还。

喜得菊影①一盘饺，

唤我择食顺自然。

附：陈彦彬原诗《冬至赠春江苏英》

一别故土路八千，

隔山隔水别有天。

北地冰寒观雪厚，

南国雨暖赏花繁。

年年冬至今朝至，

岁岁春还明日还。

奉上一盘福寿饺，

欢欢喜喜待新年。

① 菊影为陈彦彬微网名。

端午复满隆兄

（2013年6月12日）

艾蒿祈安途，

黄酒斟一壶。

端午吟《天问》，

神十迎日出，

国强百业旺。

世盛万民福，

屈氏应心慰，

龙腾华夏族。

附：张满隆原诗

端午再访圆明园，

万千感慨对残桓。

墙危何怨众人推，

喜看神十正飞天。

读张翔先生《阳雨诗词》有感

（2013年6月26日）

感事抒情颂自然，

九州翔遍展君贤。

今逢盛世沐阳雨，

酿就励人好诗篇。

和满隆兄《元宵三唱》

（2014年2月14日）

（一）

海角天涯故事多，

除夕元日累吃喝。

举杯今又邀明月，

晓醒同迎另一拨。

（二）

晚风吹送暖流归，

清水湾区鞭炮飞。

"候鸟"人闲腿脚快，

上元夜里聚成堆。

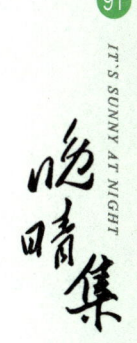

（三）

又度上元清水湾，

海风逐浪漫沙滩。

高楼低院红灯挂，

小巷大街"候鸟"欢。

聚岸举头叹璀璨，

围桌俯首垒方砖。

动人最是观冬奥，

又有金牌揽帐前。

附：张满隆《元宵三唱》

（一）

纵情天涯有故人，

元宵节到也思亲。

李白床前哪片月，

直把乡愁带到今。

（二）

落霞刚随晚潮退，

十里燃火三亚湾。

蛙鼓也知元宵到，

敲打声中正月圆。

（三）

又是元宵闹海南，

星光月色满沙滩。

南山寺里香万柱，

大东海上过千帆。

三江口外观潮涌，

五指山上看木棉。

迷人最是小夜曲，

正随蔡琴到窗前。

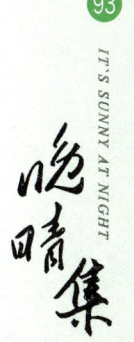

赠孟庆珍大姐并华南兄（二首）

（2014年3月25日）

（一）

大姐名师孟庆珍，

一身正气众人尊。

育得桃李满天下，

海角天涯颂师恩。

（二）

球友尊兄张华南，

经纶满腹话连篇。

若得一根香烟伴，

不吃不喝唠三天。

附：孟庆珍大姐复诗

两首小诗一幅画，

生动贴切把人夸。

精工细描有神韵，

回味无穷笑哈哈。

和张满隆兄清明诗（二首）

（2014年4月6日）

（一）

清明时日雨连天，
亲故朦胧跃眼前。
万户千家皆祭祀，
远山近地起悲烟。

（二）

风吹夜雨叩家门，
探问清明室内人。
思故可斟三碗酒，
寄送天外梦中魂。

附：张满隆原诗

（一）

如烟细雨过清明，
半山葱茏半山红。
脚下自有林中径，
寻芳何须问牧童。

（二）

浪里油轮放缓行，
码头不远是清明。
南海一片朦胧夜，
被我茶香已熏浓。

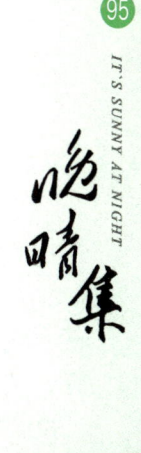

和孟庆珍大姐《乒乓游戏》

（2014年4月7日）

四友总龄二百七，

天天乒球不缺席。

哈哈双打五局斗，

眼睛瞪圆争高低。

虽然多是男双胜，

翻船也有四比一。

相聚寻的就是乐，

笑翻两对老夫妻。

附：孟庆珍原诗《乒乓游戏》

乒乓锻炼养身体，

记分攀比添情绪。

高招险招啥都使，

上旋下旋要保密。

出人意料猛击球，

对方无力来还击。

四人双打成游戏，

欢呼声中有乐趣。

步韵复满隆兄元宵节感怀

（2015年3月6日）

上元杯盏引乡愁，

似箭光阴染白头。

海浪椰风怀往事，

彩灯圆月映昔楼。

当年室陋童心暖，

今日宅新故人休。

品酒赏花期可待，

却临夕照叹物候。

附：张满隆原诗

海上元宵惹乡愁，

潮起潮落月悠悠。

垂钓上钩多往事，

吟诗更念小时候。

冰糖葫芦雪打灯，

狗皮帽子抽冰猴。

藤枪竹马蹄声远，

月光如雪满白头。

步韵复刘国卿学友

（2015年6月25日）

学友刘国卿，赋诗祝我程。

字字寄心语，句句满别情。

春江非草木，暖流激血腾。

虽未三杯酒，人已醉九成。

来日别乡去，异国独自行。

但赏风光美，亦盼闻君声。

愿兄身安好，网上常相通。

待到还乡日，举杯聚冰城。

附：刘国卿原诗

春江五国游，明日启行程。

匆忙未备酒，网上话别情。

半月时日短，望君不虚行。

一路多保重，平安返冰城。

人命虽易老，活法各不同。

诸友向君学，潇洒度人生。

复孟庆儒兄读拙作后赠诗

（2017年2月7日）

谢幕已非负重人，

孟兄励语砥精神。

弟虽有志嗔才短，

读点诗文求入门。

拙笔勤磨千百日，

作得小册也慰心。

赠亲送友伴茶乐，

诗意浅深任尔寻。

附：孟庆儒原诗《礼赞》

陈年玉液味绵香，

春华秋实品自芳。

江水横流英才起，

好世勤耕铸辉煌。

人寿依然神采定，

诗雅贵在意悠长。

美贤相夫虎添翼，

赞懿嘉言更图强。

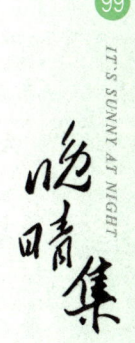

步韵复张翔先生
《七绝 莲花湖》

（2019年6月28日）

游轮湖上探莲花，

满目山青掩面纱。

境美名扬千万里，

憾无完解意中她。

附：张翔原诗

山湖美誉赞莲花，

几度神猜迷恋她。

今日游轮临妙境，

姣羞撩起半方纱。

微网书院 2016 年国庆节抒怀接龙诗

春 江：

树高百尺叶归根，

儿远千里母挂心。

最是乡愁催泪眼，

同宗同祖华夏人。

璞玉接：

同宗同祖华夏人，

海内海外龙子孙。

今宵痛饮三杯酒，

孝感动天敬母亲。

苏英接：

孝感动天敬母亲，

华夏儿女根连根。

携手共圆中华梦，

傲立世界民族林。

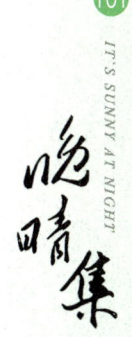

璞玉接：

> 傲立世界民族林，
> 神州大地彩缤纷。
> 三山五岳雄姿展，
> 强国不霸尽显仁。

李力接：

> 强国不霸尽显仁，
> 炎黄文明万载承。
> 西方哲人预言早，
> 廿一世纪中华腾。

李超接：

> 廿一世纪中华腾，
> 神州大地舞巨龙。
> 吾侪呐喊多助阵，
> 灵山秀水漾春风。

璞玉接：

> 灵山秀水漾春风，
> 珠峰万泉各不同。
> 儿女欢欣祖国好，
> 东西南北一样情。

彦彬接：

> 东西南北一样情，
>
> 又见层林染丹红。
>
> 金秋十月大荒美，
>
> 粮豆稻谷待收成。

春江接：

> 粮豆稻谷待收成，
>
> 想起当年我务农。
>
> 建设大地青春曲，
>
> 至今回响在心中。

苏英接：

> 至今回响在心中，
>
> 微网书院起春风。
>
> 心潮澎湃诗文美，
>
> 蓬勃向上不老松。

李超接：

> 蓬勃向上不老松，
>
> 春江水暖花又荣。
>
> 相濡以沫双飞翼，
>
> 舞姿翩翩向晴空。

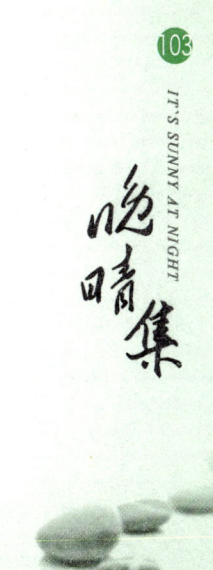

晚晴集

大东接：

> 舞姿翩翩向晴空，
> 悠悠歌声传苍穹。
> 同唱东方红一曲，
> 祖国就在我心中。

彦彬接：

> 祖国就在我心中，
> 走遍天涯同此荣。
> 喜看神州新天地，
> 高歌一曲唱大风。

大东接：

> 高歌一曲唱大风，
> 摇展身姿摆巨龙。
> 欢歌热舞尽挥洒，
> 对镜望我自魂惊。

春江接：

> 对镜望我自魂惊，
> 书院一群老来疯。
> 重返当年青春貌，
> 再展才华抒诗情。

振国接：

再展才华抒诗情，

误了吃饭可不行。

身体强壮激情在，

实现梦想意志明。

璞玉接：

实现梦想意志明，

家国情怀自根生。

大爱无疆小爱聚，

勿以善微而不行。

彦彬接：

勿以善微而不行，

温良恭俭集大成。

传统道德当汲取，

改革路上开新风。

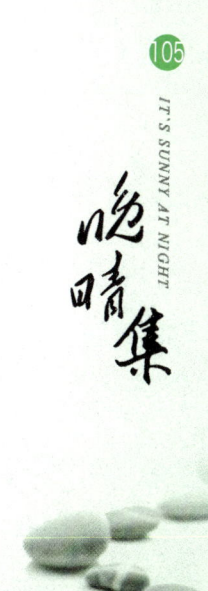

春江接：

改革路上开新风，

同舟共济聚力行。

待到华夏圆梦日，

国泰民安享太平。

彦彬接：

国泰民安享太平，

他人岂能恣意行。

和平发展担重任，

风雨过后见彩虹。

璞玉接：

风雨过后见彩虹，

莫道中兴皆宁静。

一带一路有坎坷，

天道助我强国梦，

李力接：

天道助我强国梦，

年龄不在话题中。

常常自觉童心在，

最美不过夕阳红。

彦彬接：

最美不过夕阳红，

怀念当时正年轻。

一杯荒酒十年醉，

醉了春风醉秋风。

李超接：

醉了春风醉秋风，

醉了红梅醉芙蓉。

醉了美女醉靓哥，

醉了老妪醉老翁。

璞玉接：

醉了老妪醉老翁，

我当把盏面友朋。

千言万语道不尽，

一切尽在净杯中。

李力接：

一切尽在净杯中，

横看成岭侧成峰。

书院谁人不识汝，

出口成章又师兄。

璞玉接：

出口成章又师兄，

节日言欢无奢窘。

我当把盏敬院友，

笑语杂沓不老松。

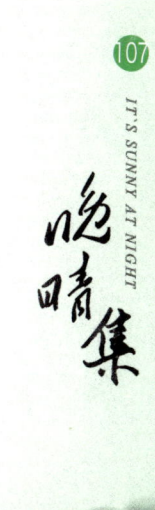

李超接：

笑语杂沓不老松，

美酒越喝越从容。

一杯佳酿诗一首，

一首诗韵一腔情。

李力接：

一首诗韵一腔情，

高歌猛进奔前程。

漫漫长路代代走，

祝福祖国永年轻。

璞玉接：

祝福祖国永年轻，

神州无处不荣融。

尽赏环球风光好，

游子思乡情意浓。

李力接：

游子思乡情意浓，

心有灵犀一点通。

饭菜还是家里好，

开瓶喝酒等大东。

大东接：

　　　　开瓶喝酒等大东，

　　　　大东醉卧在家中。

　　　　眯眼熏熏四下望，

　　　　微网书院诗情浓。

璞玉接：

　　　　微网书院诗情浓，

　　　　静观大东正酒醒。

　　　　佯作眯离笑不语，

　　　　语出惊人笑不停。

春江接：

　　　　语出惊人笑不停，

　　　　笑至今宵又天明。

　　　　还是书院风光好，

　　　　有诗有酒有妪翁。

大东接：

　　　　有诗有酒有妪翁，

　　　　再加两菜助豪情。

　　　　一个油炸花生米，

　　　　一个豆腐伴点葱。

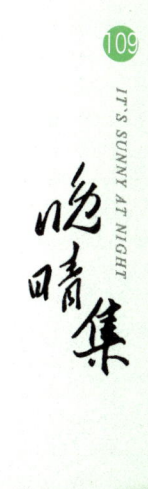

春江接：

> 一个豆腐伴点葱，
> 送给当年老知青。
> 吟诗对酒就小菜，
> 欢歌笑语还接龙。

彦彬接：

> 欢歌笑语还接龙，
> 天南地北来集中。
> 只要心中院友在，
> 顿顿豆腐加小葱。

璞玉接：

> 顿顿豆腐加小葱，
> 诗借酒兴更朦胧。
> 我正梦游白鱼泡，
> 烦人队副乱敲钟。

大东接：

> 烦人队副乱敲钟，
> 游园惊梦迷晨风。
> 倒头再睡续前景，
> 又得一番好心情。

李超接：

又得一番好心情，

小涂大东显神通。

诗情滚滚涌不断，

屡出佳句令人惊。

苏英接：

屡出佳句令人惊，

激情澎湃笔不停。

举国同贺国庆日，

书院诗情连海平。

李力接：

书院诗情连海平，

年逾百篇笔难停。

一词一句多积累，

桃花源里果硕丰。

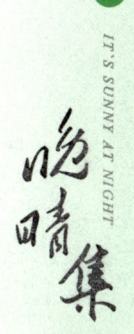

IT'S SUNNY AT NIGHT

晚晴集

附：

2018年国际足联俄罗斯世界杯赛每场一诗

（2018年6月14日至7月15日）

1 揭幕战

（俄罗斯5：0沙特阿拉伯）

挑灯静赏世界杯，

沙特俄足斗首回。

熟料竟为零比五，

羞得王储脸发灰。

2 惜埃及

（埃及0：1乌拉圭）

埃及铁脚拒人欺，

固守强攻斗顽敌。

场尾丢城绝后路，

一球小负令人惜。

3 伊朗首胜

（伊朗 1∶0 摩洛哥）

几番出战世界杯，
两脚空空惆怅回。
今日喜得一大礼，
场终笑纳乌龙归。

4 西葡大战

（葡萄牙 3∶3 西班牙）

两牙大战搅迷心，
跌宕起伏卷绿茵。
炮弹三颗成戏法，
C罗真乃外星人。

5 法澳缠斗

（法国 2∶1 澳大利亚）

袋鼠身强肉嫩鲜，
卢鸡展翼食之难。
终得舞起灵光现，
绊绊磕磕进嘴边。

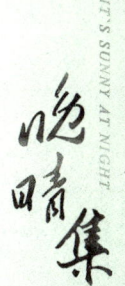

6 赞冰岛

（阿根廷 1:1 冰岛）

球员几多自业余，
导演守门当叹奇。
逼得梅西没了戏，
维京首秀获平局。

7 秘鲁惜败

（秘鲁 0:1 丹麦）

童话王国故事多，
当关夫勇奈其何？
点球一怒成空炮，
骆马势优逐浪波。

8 尼日利亚还年轻

（克罗地亚 2:0 尼日利亚）

非洲雄鹰还年轻，
见到格军有点懵。
前摆乌龙后点炮，
首轮失败梦游中。

9 塞尔维亚小胜

（塞尔维亚1：0哥斯达黎加）

单刀赴会憾失机，

队长一波赛梅西。

海盗尽竭身上术，

回天无力泪珠滴。

10 最大冷门

（德国0：1墨西哥）

令人刮目墨西哥，

超速反击快马多。

闪电前锋洛萨诺，

一枪射透德国车。

11 瑞士平巴西

（巴西1：1瑞士）

科蒂一球世界波，

可惜后场有些薄。

七人未抵楚贝尔，

任尔一头破网窝。

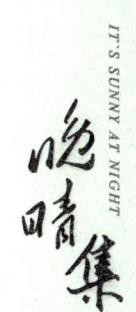

12 小胜太极虎

（瑞典1：0韩国）

北欧海盗被纠缠，
苦斗太极恶浪翻。
脚下功夫头上术，
终得点射过险滩。

13 红魔战黑马

（比利时3：0巴拿马）

享誉足坛被幻魔，
绿茵场上演风波。
千招万术巴拿马，
三箭穿心舞又歌。

14 雄鹰斗三狮

（突尼斯1：2英格兰）

自恃雄鹰高处悬，
前冲后堵猛狮团。
终因势弱难得手，
任尔凯恩铁脚欢。

15 日本爆冷

（日本 2：1 哥伦比亚）

哥伦比亚战东瀛，
犹若虎逢狭路行。
损将折兵风骤变，
任由武士两袭城。

16 铁军败阵

（波兰 1：2 塞尔维亚）

铁军美誉冠波兰，
早已沧桑不再言。
今日宝刀当见老，
奈何狮勇任颠翻。

17 埃及再尝苦果

（埃及 1：3 俄罗斯）

莫道俄足排位低，
雄姿再展斗埃及。
天时地利人发奋，
两脚踢出三比一。

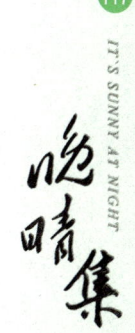

IT'S SUNNY AT NIGHT

晚晴集

18 摩洛哥又败

（摩洛哥 0：1 葡萄牙）

非洲猛兽再出山，
左射右扑得口难。
无奈葡军骁将勇，
C罗一箭把心穿。

19 沙特已出局

（沙特阿拉伯 0：1 乌拉圭）

沙特力拼乌拉圭，
犹如狼虎搅成堆。
门神失手成遗恨，
只待收关洒泪归。

20 斗牛士侥胜

（西班牙 1：0 伊朗）

伊朗铁骑不是牛，
何堪随意被鞭抽。
严防死守偷袭寨，
憾送乌龙自饮羞。

21 憾丹麦

（丹麦1：1澳大利亚）

童话军团腿脚神，

七分钟内即登门。

可惜后卫那只手，

竟把曙光化雨淋。

22 雄鸡高鸣

（法国1：0秘鲁）

报晓雄鸡今又鸣，

喜将骆马送归程。

当歌新秀姆巴佩，

礼赠别兄一比零。

23 阿根廷命悬一线

（阿根廷0：3克罗地亚）

光头门将面无光，

送礼乌龙家网装。

上届亚军失霸气，

忍吞三弹景迷茫。

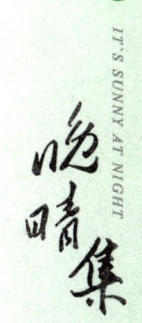

IT'S SUNNY AT NIGHT

晚晴集

24 哥斯达黎加当赞

（巴西2：0哥斯达黎加）

加勒比海飓风刮，

死堵硬缠斗桑巴。

只叹补时出漏洞，

连遭两弹被封杀。

25 冰岛输球

（冰岛0：2尼日利亚）

维京勇士非洲鹰，

争斗绿茵战火腾。

终是穆萨头脚热，

梅开二度化寒冰。

26 火枪斗军刀

（塞尔维亚1：2瑞士）

一杆火枪一把刀，

横眉冷对斗低高。

孰知枪老也失准，

竟被刃锋两断腰。

27 突尼斯遭惨败

（突尼斯 2:5 比利时）

红魔誓逮北非狐，
后堵前扑飞铁足。
最是鬼妖多变幻，
五发神弹捣窝庐。

28 韩国再负

（韩国 1:2 墨西哥）

太极猛虎下山坡
一怒直扑墨西哥
虽也疯狂难下口
却遭两脚赶回窝

29 德国险胜

（德国 2:1 瑞典）

北欧海盗遇德车，
发力一击占上坡。
无奈攻防风向变，
接连饮弹被腰折。

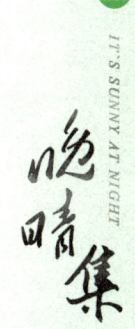

30 三狮军团赞

（英格兰6:1巴拿马）

战将云集不列颠，

攻城拔塞不知难。

六刀肢解巴拿马，

且看前行谁敢拦。

31 日本平塞内加尔

（日本2:2塞内加尔）

东瀛武士叹功高，

两度被击不弯腰。

一场血拼激战后，

雄狮力尽任挨刀。

32 哥伦比亚胜波兰

（哥伦比亚3:0波兰）

南美神鹰不是鸡，

岂能随意被人欺。

波兰营里撒欢舞，

三阵鸣金铁骥息。

33 乌拉圭 A 组登顶

（乌拉圭 3：0 俄罗斯）

足坛劲旅乌拉圭，

茵场斗熊尽展威。

终是艺高人胆壮，

三球入账首名回。

34 沙特见精神

（沙特阿拉伯 2：1 埃及）

皆为两负待归人，

一展雄风现绿茵。

场尾沙军绝技演，

二十四载首佳音。

35 伊朗出局

（伊朗 1：1 葡萄牙）

此役葡军又战和，

点球未进憾 C 罗。

幸得老将一飞脚，

方送铁骑先返国。

36 西班牙获 B 组第一

（西班牙 2：2 摩洛哥）

今次擂台不斗牛，
偏和猛兽竞足球。
受伤两度仍平手，
小组第一方举头。

37 法国丹麦 C 组出线

（丹麦 0：0 法国）

童话军团无续篇，
雄鸡漫舞少翩跹。
一张白卷双心定，
携手下轮皆笑颜。

38 秘鲁力拼保荣誉

（秘鲁 2：0 澳大利亚）

同为败将命相怜，
荣誉之争也斗缠。
骆马身强无所惧，
两掏鼠洞满心欢。

39 阿根廷涉险晋级

（阿根廷 2：1 尼日利亚）

当夸罗霍与梅西，

助力军团追梦急。

飞脚两球钻网去，

再享盛宴不离席。

40 克罗地亚 D 组夺魁

（克罗地亚 2：1 冰岛）

格子军团不惧寒，

喜逢冰岛舞姿欢。

两番欢庆锣鼓后，

便祝维京回路安。

41 瑞典问鼎 F 组

（瑞典 3：0 墨西哥）

为领风骚奋力搏，

管他东弟又西哥。

北欧海盗不言败，

精准三枪中网窝。

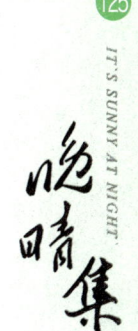

IT'S SUNNY AT NIGHT

晚晴集

42 德国遭淘汰

（韩国2:0德国）

德车减速到悬崖，

如履薄冰缓缓爬。

路险偏逢凶猛虎，

惨遭两咬痛返家。

43 巴西E组占鳌头

（巴西2:0塞尔维亚）

开战一枪即放花，

后途几尽被抄家。

幸得快马摧敌阵，

拔寨高歌舞桑巴。

44 瑞士也幽线

（瑞士2:2哥斯达黎加）

加勒比海起波澜，

海盗围袭瑞士团。

两个回合难你我，

吞声忍气返家船。

45 波兰终一胜

（波兰 1：0 日本）

东欧铁骥闹东瀛，

直撞横冲阵阵风。

武士纵然功百丈，

奈何败阵弃一城。

46 哥伦比亚领衔 H 组

（哥伦比亚 1：0 塞尔维亚）

剑影刀光斗死活，

起伏跌宕卷狂波。

当歌南美神鹰勇，

逼迫雄狮返穴窝。

47 突尼斯携巴拿马返程

（巴拿马 1：2 突尼斯）

不日将别世界杯，

精神再抖战一回。

莫言早退皆残旅，

岂断明朝谁怕谁。

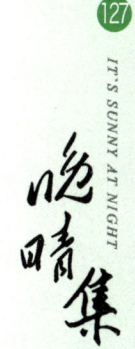

48 比利时 G 组独秀

（比利时 1：0 英格兰）

缠斗三狮若许年，

红魔今又凯歌旋。

绿茵场上枝独秀，

期待明朝花更繁。

49 法国率先进八强

（法国 4：3 阿根廷）

空叹军中有梅西，

难敌威猛高卢鸡。

当褒闪电姆巴佩，

痛把雄鹰一脚踢。

50 别了 C 罗

（葡萄牙 1：2 乌拉圭）

前场双骄勇克敌，

梅开二度卡瓦尼。

奈何雨骤花凋去，

慨叹 C 罗也散席。

51 斗牛士回家

（西班牙 4 : 5 俄罗斯）

斗牛勇士不敌熊，

力尽筋疲难建功。

决胜点球两未中，

惜别一片好前程。

52 丹麦未能写童话

（克罗地亚 4 : 3 丹麦）

电闪雷鸣各自欢，

加时不见破门槛。

点球大战格军勇，

丹麦吞声悲调还。

53 桑巴军团奏凯歌

（巴西 2 : 0 墨西哥）

当是桑巴功力深，

利刀快马捣敌军。

西哥含泪低声语，

何日可逢大力神？

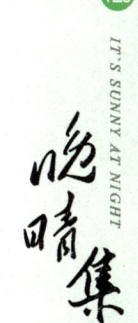

54 红魔擒武士

（比利时3：2日本）

东瀛武士斗红魔，
围射强攻两阵波。
无奈道高妖万变，
反遭三弹被活捉。

55 瑞典小胜

（瑞典1：0瑞士）

海盗谙熟瑞士刀，
死生决战领风骚。
一击顿卷钢锋刃，
戏水扬帆逐浪高。

56 三狮军团破魔咒

（英格兰5：4哥伦比亚）

猛将强兵百战多，
三狮今又奏凯歌。
点球终胜破魔咒，
昂首扬眉把酒喝。

57 法国淘汰乌拉圭

（法国 2：0 乌拉圭）

两强争斗几惊魂，
却看雄鸡双破门。
未览前程风景美，
高卢不作还乡人。

58 红魔胜桑巴

（比利时 2：1 巴西）

满场红魔似火团，
横空霹雳舞狂澜。
两球捣碎桑巴梦，
不到天明家不还。

59 瑞典遭翻船

（瑞典 0：2 英格兰）

路狭偏遇英格兰，
短炮长枪聚阵前。
猛射狂攻难铸果，
却遭狮怒两翻船。

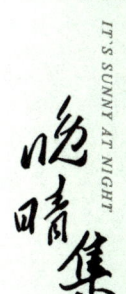

60 俄罗斯止步八强

（俄罗斯5:6克罗地亚）

格子军团勇斗熊，
围追截堵奔西东。
点球决胜凝新梦，
只待明朝唱大风。

61 法国挺进决赛

（法国1:0比利时）

雄鸡一唱又新天，
降缚红魔展翼欢。
问鼎金杯近咫尺，
枕戈待旦捣神坛。

62 克罗地亚创历史

（克罗地亚2:1英格兰）

一黑到底赞格军，
斩将过关冲到今。
怒挑三狮无所惧，
辉煌历史伴诗吟。

63 比利时获季军

（比利时2:0英格兰）

虽道银铜不抵金，

闯关拔寨也风云。

两锤击败三狮后，

果蜜花香自品芬。

64 法国重夺大力神杯

（法国4:2克罗地亚）

两强争霸飓风刮，

快马飞刀冷箭发。

最是技高酬壮志，

曲终花落高卢家。

尾　篇

绿茵盛宴已终席，

峰顶今更将帅旗。

莫以一得言弱霸，

再逾四载看高低。

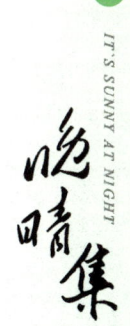